Une larme de maman

Per mia mamma con tutto il mio amore !
Un grand merci à Mme Malaussena.
C.

Une larme de maman

Anguel Karaliitchev
Illustrations de Céline Corréale
....
Traduit du bulgare par Eli

ÉLITCHKA

Une fine pluie d'automne tombait. Le feuillage jaune du jardin s'illumina. Les gros grains de raisin sous la tonnelle couverte de vigne se gorgèrent de tant de jus que leur peau craqua. L'aster mauve pencha ses fleurs vers le pot en terre caché dans l'herbe.

La petite hirondelle se recroquevilla à l'intérieur et se mit à trembler de peur et de chagrin. Elles étaient toutes parties. Ses deux sœurs s'étaient envolées vers le sud. Sa maman elle aussi s'en était allée vers les pays chauds. Qui allait la réchauffer maintenant dans la nuit froide ?

Elles l'avaient laissée, seule, dans ce pot cassé, car elle était infirme et ne pouvait pas voler.

$\mathcal{C}et$ été-là, il y avait eu un incendie dans la maison où sa mère avait fait leur nid. Avant que la vieille hirondelle ait eu le temps de l'en sortir, des braises étaient tombées dans le nid, sur l'aile droite de l'oisillon. Toute frêle, encore sans plumes, la petite s'était évanouie de douleur. Quand elle avait repris connaissance, elle était dans un nouveau nid, et sa mère, accablée de chagrin, veillait sur elle. La petite avait alors essayé de bouger ses ailes, mais n'avait pas pu, car la droite, celle qui avait été brûlée par le feu, était toute rabougrie.

L'été s'écoula. Le raisin mûrit, devint noir ;
les asters dans le jardin épanouirent leurs fleurs.
Les hirondelles se regroupaient sur les câbles télégraphiques,
elles se préparaient à partir. Les câbles ressemblaient
à des chapelets.

Un matin, la vieille hirondelle emmena son oisillon infirme dans le jardin et lui dit :

— Ma petite chérie, nous partons dans le sud aujourd'hui. Comme tu ne peux pas voler, tu vas rester ici. J'ai garni de duvet le pot de terre cassé, là-bas, au milieu des fleurs, pour toi. Ce sera ta maison. Quand tu auras faim, tu n'auras qu'à sortir pour picorer quelque chose. Le jardin tout entier est couvert de fruits. Et puis, regarde cet aster qui penche ses jolies fleurs vers ton pot ! Ne sois pas triste ! Nous reviendrons au printemps.

— Merci, maman chérie, d'avoir fait tout ça pour moi ! dit la petite hirondelle, et pour ne pas montrer ses larmes, elle se blottit sous l'aile de sa mère, puis se tut.

Elles partirent toutes. Les jours sombres s'enchaînèrent. Une fine pluie d'automne se mit à tomber. L'aster pencha une fleur gorgée d'eau vers le pot en terre. Une goutte de pluie glissa du pétale le plus bas, prête à tomber.

— Comme je suis fatiguée ! soupira la goutte de pluie.

— Tu viens d'où ? l'interrogea la petite hirondelle, intriguée.

— De très loin, dit la goutte. Je viens du Grand Océan, c'est là que je suis née. J'ai parcouru un long chemin avant d'arriver ici. Je ne suis pas une goutte de pluie ordinaire, je suis une larme.

— Une larme ? Quelle sorte de larme ? demanda l'oisillon, soudain inquiet.

— Je suis une larme de maman…

— L'histoire de ma vie est courte. Il y a neuf jours, une hirondelle en pleurs, exténuée de fatigue, s'est perchée sur le mât d'un bateau. Je me tenais au bord de son œil droit.

L'océan était furieux, le vent soufflait fort.

L'hirondelle a demandé au vent d'une voix étouffée par la peine : « Vent, mon frère, toi qui sillonnes le monde, quand tu iras en Bulgarie, s'il te plaît, va voir mon petit oiseau chéri. Dis-lui de faire attention au chat noir qui rôde dans le jardin. J'ai oublié de le prévenir avant de partir. Dis-lui aussi que mon cœur s'est rabougri, brûlé de chagrin… »

Le vent a répondu : « Mais comment faire pour trouver ton oisillon ? »

« Je l'ai laissé dans un pot en terre cassé au fond du jardin, là où fleurissent les asters mauves » a indiqué l'hirondelle. Le temps qu'elle dise ces mots, j'étais tombée de son œil. Et le vent m'a emportée. J'ai voyagé à travers le monde pendant neuf jours, et voilà que je viens d'atterrir sur cette fleur. Je suis tellement fatiguée ! Je voudrais juste me poser pour de bon et m'endormir…

Le cœur de la petite hirondelle bondit dans sa poitrine. Elle se leva vite, ouvrit son bec et but la larme maternelle.

— Merci, maman chérie ! murmura-t-elle.

Puis elle s'endormit, réchauffée par la larme, comme si elle s'était blottie sous l'aile de sa maman.

FIN

L'auteur **Anguel Karaliitchev** (1902-1972) est né à Strajitza, un village situé près de la ville de Véliko-Tarnovo, en Bulgarie, dans une famille modeste. Il suit des études de chimie, puis de sciences politiques en vue de devenir diplomate, mais la littérature prend le dessus. À partir de 1924, il se consacre entièrement à l'écriture et travaille sans relâche pendant près de cinquante ans, donnant naissance à une œuvre remarquable. Ses nouvelles et contes pour enfants, inspirés du folklore ou totalement imaginaires, le rendent célèbre dans toute la Bulgarie et sont étudiés à l'école. Avec une grande sensibilité, Karaliitchev raconte le village, évoque les joies simples et les moments difficiles d'une vie, transmet les enseignements tirés de l'expérience, et ne craint pas d'aborder des thèmes délicats tels que l'abandon, la solitude et la mort.

On pourrait affirmer, à l'instar de certains critiques littéraires, qu'il est le Andersen de la Bulgarie.

L'illustratrice **Céline Corréale** vit et travaille à Nice. Architecte, elle a toujours gardé intact son rêve de dessiner pour les enfants. *Une larme de maman* est son premier livre en tant qu'illustratrice.

Les éditions **Élitchka** est une nouvelle maison d'édition, créée en décembre 2013, en Alsace. Ayant à cœur de promouvoir le patrimoine culturel bulgare, elle publie des contes et des nouvelles d'auteurs de Bulgarie, ainsi que des contes populaires de ce pays. Les ouvrages édités par Élitchka, toujours le fruit d'un coup de cœur, sont axés autour des thèmes de la liberté, de la force créative, de l'amour, du voyage initiatique, et présentent tous un caractère poétique.

Vous trouverez chez le même éditeur :
Une histoire de dragons, Edvin Sugarev, illustrations de Sylvie Kromer ; mai 2014.

Tous droits réservés © éditions ÉLITCHKA pour la présente édition.
Texte © Anguel Karaliitchev
Titre original : Майчина сълза
Illustrations © Céline Corréale
Traduction © Eli
Conception graphique : Charlotte Gaillard, Mei Yang
Relecture : Patricia Duez

Publié par les éditions ÉLITCHKA
Michelbach-le-Bas, France
facebook.com/EditionsElitchka

Diffusé par CED-CEDIF
Distribué par Pollen

ISBN : 978-2-37147-001-9
Dépôt légal : juin 2014

Imprimé en Bulgarie par Simolini'94, http://simolini.informator.bg, simolini@abv.bg
pour le compte des éditions ÉLITCHKA.
Conforme à la loi N° 49-956 du 16 juillet 1949 sur les publications destinées à la jeunesse.

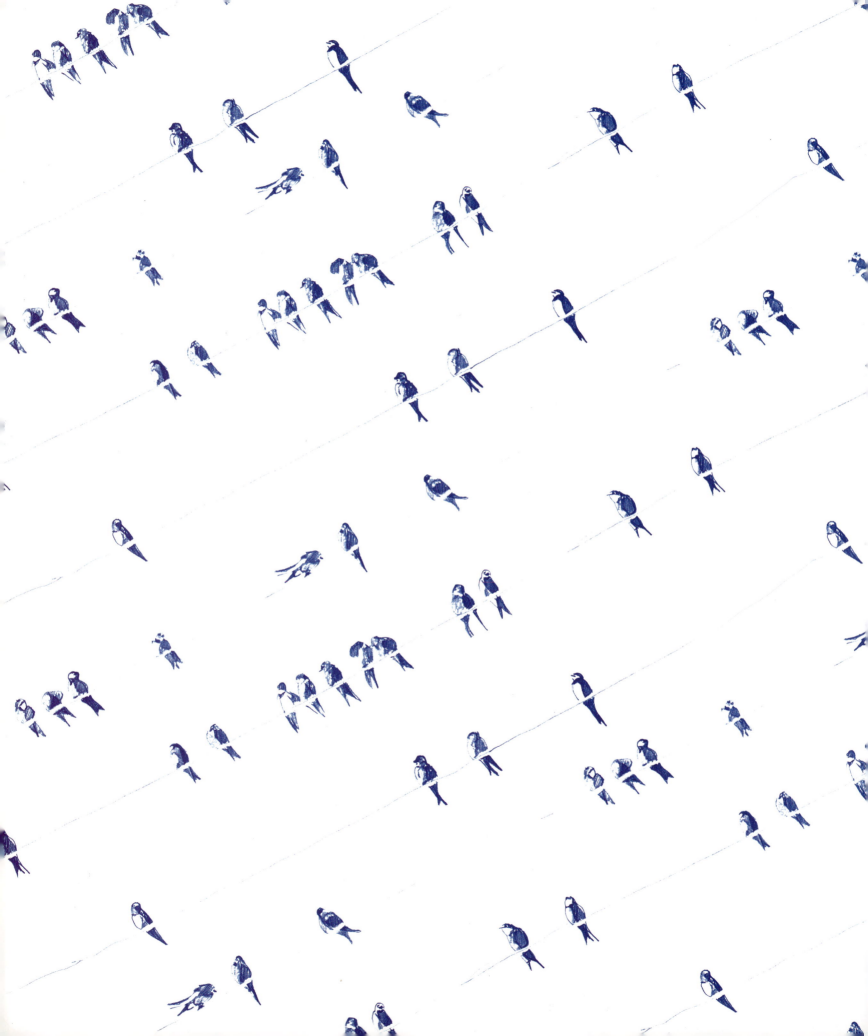